¡Nos vamos a México!

Una aventura bajo el sol

Para mi hermana Ada, con amor – L. K.

Para Mike y Robert – C. C.

Publicado por primera vez en Estados Unidos
en 2006 por Barefoot Books, Inc.
Esta edición en rústica publicada en 2006.

Barefoot Books
2067 Massachusetts Ave
Cambridge, MA 02140

Este libro fue impreso en papel 100% libre de ácido.

Diseño gráfico por Louise Millar, Londres
Separación de colores por Bright Arts, Singapur
Impreso y encuadernado en China por Printplus Ltd

La tipografía de este libro se realizó en Hombre y Aunt Mildred.
Las ilustraciones se hicieron en gouache sobre papel Fabriano.

7 9 8 6

Library of Congress Cataloging-in-Publication Data
Krebs, Laurie.
[Off we go to Mexico. Spanish]
Nos vamos a México! : una aventura bajo el sol /
Laurie krebs ; [ilustrado por] Christopher Corr.
p. cm.
ISBN 1-84686-014-8
1. Mexico--Description and travel--Juvenile
Literature. 2. Mexico--Social Life and customs--
Juvenile Literature. 3. Children--Travel--Mexico--
Juvenile Literature.   I. Corr, Christopher. II. Title.
F1216.5.K74 2006b
917.204--dc22
2006007455

¡Nos vamos a México!

Una aventura bajo el sol

escrito por Laurie Krebs

ilustrado por Christopher Corr

traducido por Yanitzia Canetti

Barefoot Books
Celebrating Art and Story

¡NOS VAMOS, NOS VAMOS, NOS VAMOS A MÉXICO!

Nadamos en aguas turquesas y hacemos castillos de arena.
Y sobre las rocas o desde el muelle,
admiramos las ballenas.

¡NOS VAMOS, NOS VAMOS, NOS VAMOS A MÉXICO!

Nos montamos en el tren. Atravesamos el puente.
Por montañas altas, por túneles profundos...
¡cuánta emoción se siente!

¡NOS VAMOS, NOS VAMOS, NOS VAMOS A MÉXICO!

Vamos corriendo desde casa al festival de la plaza.
Hay comida por comer y amigos por conocer
y sonrisas por doquier.

¡NOS VAMOS, NOS VAMOS, NOS VAMOS A MÉXICO!

Subimos las pirámides de un México antiquísimo.
Y todo el que explora se asombra que ahora
sea un lugar bellísimo.

¡NOS VAMOS, NOS VAMOS, NOS VAMOS A MÉXICO!

Con la música de las bandas Mariachi, se nos mueven los pies.
Sus guitarras lucen bellas bajo una noche de estrellas.
Cantamos y aplaudimos a la vez.

¡NOS VAMOS, NOS VAMOS, NOS VAMOS A MÉXICO!

Caminamos a pueblos indígenas para ver sus mercados.
Y vaya qué alegría ver tantas mercancías
con todos sus colores desplegados.

¡NOS VAMOS, NOS VAMOS, NOS VAMOS A MÉXICO!

Oímos el zapateado en la plaza ¡qué tremenda emoción!
Y al girar las bailarinas, sus trajes se arremolinan
al ritmo de la canción.

¡NOS VAMOS, NOS VAMOS, NOS VAMOS A MÉXICO!

Damos una caminata al hogar de las mariposas monarcas.
Con la luz del sol radiante, sus alas son más brillantes
y el inmenso cielo abarcan.

¡NOS VAMOS, NOS VAMOS, NOS VAMOS A MÉXICO!

Con banderas tricolores, esperamos el desfile con impaciencia.
Carrozas monumentales bajo fuegos artificiales.
¡Viva el Día de la Independencia!

¡NOS VAMOS, NOS VAMOS, NOS VAMOS A MÉXICO!

Deambulamos por la capital, ¡cuántas cosas para ver!
Parques, paseos, el zoológico, los museos,
y su historia, ¡qué placer!

¡ADIÓS, ADIÓS, ADIÓS A MÉXICO!

Es hora de decir adiós. Nuestro viaje se va a terminar.
A casa ya nos vamos después que disfrutamos.
¡Hay mucho que contar!

DESIERTO
DE SONORA

DESIERTO DE
CHIHUAHUA

Golfo de California

SIERRA MADRE OCCIDENTAL

● BARRANCAS
DEL COBRE

MÉXICO

■ La Paz

OCÉANO
PACÍFICO

■ Guadalajara

Morelia ■

ESTADOS UNIDOS
DE AMÉRICA

Río Grande / Río Bravo

onterrey

■ Guadalupe

SIERRA MADRE ORIENTAL

● TEOTIHUACÁN

■ Ciudad
e México

Golfo de México

● PALENQUE

EL CHICHÓN ●   ■ San Cristóbal
                          de las Casas

SIERRA MADRE DEL SUR

■ O   BELICE

OSQUE
OPICAL

GUATEMALA   HONDURAS

México hoy

Algunos datos sobre México

México es la octava nación más grande del mundo y la tercera más grande de América Latina, después de Brasil y Argentina. La capital es Ciudad de México. Allí viven cerca de 20 millones de personas, aproximadamente una quinta parte del total de la población.

El Río Grande (como se le conoce en los Estados Unidos), o Río Bravo (su nombre mexicano), conforma más de la mitad de la frontera norte entre México y los Estados Unidos.

El clima de México es cálido y húmedo a lo largo de la costa y al nivel del mar, pero en lo alto de las montañas, la temperatura puede bajar de cero. Hay bosques tropicales en el sudeste y hay áreas desérticas en el norte.

Las Barrancas del Cobre son una vasta red de barrancos con al menos cuatro cañones más profundos (a 1,800 metros/5,900 pies) que el Gran Cañón de Arizona (a 1,425 metros/4,654 pies).

Cada otoño, las mariposas monarcas viajan hacia el sur desde los Estados Unidos y Canadá para pasar el invierno en las montañas de la Sierra Madre. En primavera, las mariposas se aparean y dejan sus huevos antes de emprender el viaje de regreso.

¡Fiesta!

¡A los mexicanos les encantan las fiestas! Su calendario está lleno de días festivos. Hay siempre mucha comida, risas y bailes, y las bandas de mariachis van de un lado a otro tocando música tradicional mexicana. He aquí las fiestas más populares:

Marzo o abril – Semana Santa

La Semana Santa comienza con un alegre desfile el Domingo de Ramos y termina con la procesión silenciosa del Viernes Santo. Las estatuas religiosas y una cruz de madera se llevan cargadas por todo el pueblo. Al terminar el ayuno de cuaresma, la gente espera por la feliz celebración de Pascua.

Dos lunes en julio – La Guelaguetza

En lo alto de la ciudad de Oaxaca, se lleva a cabo una fiesta espectacular. En tiempos antiguos, los indígenas rendían honor a los dioses de la lluvia y el maíz con una animada celebración llena de música y danzas llamada la Guelaguetza. Hoy en día, compañías de diestros bailarines, vestidos con elaborados y coloridos trajes, danzan ante las multitudes.

15 y 16 de septiembre – Día de la Independencia

Este festival celebra la independencia de México. La tarde del 15 de septiembre, la plaza central de la Ciudad de México se llena de luces y se cubre con banderas tricolores: verde, blanco y rojo. A la medianoche, el Presidente repite El Grito de la Independencia. La gente vitorea mientras repican las campanas de la catedral y los fuegos artificiales inundan el cielo.

Breve historia de México

Los antiguos habitantes (10.000 a.C.–300 d.C.)

Se cree que los primeros habitantes de México eran cazadores que vinieron de Rusia y se dirigieron al sur. En poco tiempo, se asentaron en poblados donde cultivaban maíz, frijoles y chiles. Ellos construyeron aldeas y centros ceremoniales. Un grupo, los olmecas, esculpieron grandes cabezas de piedra que parecían parte humana y parte animal.

Período clásico (300–900)

Los zapotecas, que vivían en el sur, inventaron un calendario escrito y una forma de escritura llamada jeroglíficos, que usaba imágenes en vez de palabras. En el valle de México, se construyó Teotihuacán, una magnífica ciudad de templos y palacios. Alrededor del mismo período, la cultura Maya se extendió por México y fuera de éste. Conocidos por sus espectaculares pirámides, los mayas mejoraron además el calendario existente y los sistemas de escritura.

Período post-clásico (900–1521)

Después de la caída de Teotihuacán, los toltecas, una tribu del norte, se trasladaron al centro de México. Luego les siguieron los aztecas. Según la leyenda, los aztecas construyeron su ciudad, Tenochtitlán, en el punto donde un águila, posada en un cactus, sostenía una serpiente en su pico. Hoy, ese lugar es la capital, la Ciudad de México. Al igual que los toltecas que estuvieron antes, los aztecas eran grandes guerreros. Ellos creían que si morían en batalla, se convertían en colibríes y volaban hasta el Sol, a quien adoraban como el dios más importante.

La conquista (1519–1524)

El imperio azteca era rico y poderoso cuando Hernán Cortés invadió México. Cortés arribó en 1519 y logró el control de los aztecas en dos años, al capturar a su líder, Moctezuma. En 1524, la nación azteca fue completamente derribada.

Período colonial (1524–1821)

Bajo el yugo de España, la mayoría de los indígenas mexicanos eran muy pobres y se les solía tratar como esclavos. Con el tiempo, su infelicidad fue aumentando, y en 1810 comenzó su lucha por la libertad. México logró finalmente su independencia en 1821.

Independencia (1821 al presente)

Para México no fue fácil lograr la independencia. El país sufrió varias guerras, una aguda pobreza y tuvo líderes diferentes. Hoy, aunque aún hay mucha gente pobre, existe la esperanza de un futuro pacífico, una economía más fuerte y una vida mejor para todos.

¡Más fiestas!

6 de enero – Día de los Santos Reyes

Durante la víspera del Día de los Santos Reyes, los niños colocan sus zapatos en la entrada de su casa, llenos de paja para los camellos de los magos. Al amanecer, juguetitos, frutas y dulces ocupan el lugar de la paja. Amigos y familiares se reúnen para compartir la rosca de reyes, un pan en el que se ha escondido un muñequito que representa al niño Jesús.

5 de mayo – Cinco de Mayo

La batalla de Puebla tuvo lugar el 5 de mayo de 1862. Muy inferior en número, el ejército mexicano derrotó a los soldados franceses, quienes llegaron con la intención de imponer un monarca europeo como emperador de México. Hoy en día, el 5 de mayo es un símbolo de unión y orgullo para los mexicanos, quienes lo celebran con música, baile y comida típica.

1 y 2 de noviembre – Día de los Muertos

En el Día de los Muertos, la gente recuerda a sus antepasados y seres queridos fallecidos. La gente decora sus casas con frutas, flores y velas para dar la bienvenida a las almas de los muertos. También preparan las comidas preferidas de la persona fallecida. Al día siguiente, las familias se reúnen en el panteón para orar y recordar a sus seres queridos.

12 de diciembre – Día de Nuestra Señora de Guadalupe

Una de las tradiciones más bonitas del país rinde homenaje a la Virgen de Guadalupe, quien apareció ante el indígena Juan Diego en 1531. Hay peregrinaciones religiosas, ferias, carreras de bicicletas y charreadas. Este día festivo termina con más música, bailes y un espectáculo de fuegos artificiales.